हवलदार बहादुर
और
बच्चों के चोर
चित्रांकन :
बेदी
लेखक :
विनय प्रभाकर
एक सुबह–
प्रिय प्राणनाथ! उठिए, सुबह हो गई है।
आंय! क्या मैं सपना देख रहा हूं? इतना सम्मान तो इसने मुझे कभी नहीं दिया।
अजी सुन रहे हो? देखो तो कितना अच्छा मौसम है? जल्दी से उठ जाओ ना, प्लीज!
ही... ही... ही! आज जब यह इतना सम्मान दे ही रही है तो क्यों न कुछ देर और इस सम्मान का आनन्द उठाऊं!
उठो न, नहीं तो मैं गुदगुदाऊंगी।
ही... ही... ही! सोने दो न।
अचानक मौसम के तेवर बदल गए।
तुम्हारी तो ऐसी की तैसी, उठो।
य... यह क्या बदतमीजी है? यह कोई तरीका है पति को जगाने का?
इज्जत तुम्हें रास ही कहां आती है? इतनी देर से जगा रही थी, तुमने सुना...?
क्या बात है? क्यों जगा रही थी मुझे?
आज मुझे अपने भाई के घर जाना है। कुछ फल-मिठाइयां लेकर जाऊंगी। बाजार जाओ और यह चीजें लेकर आओ।

और ड्यूटी पर कौन जाएगा, तेरा बाप?
ऐ, अक्ल के नाखून ले लो तुम। मेरे बाप का नाम लिया तो।
तभी —
खट...खट
अब यह सुबह-सुबह कौन आ मरा?
जाकर देखो।
हवलदार बहादुर उसी लिबास में बाहर पहुंचे।
आंय! यह तो मकान मालिक लाला हरिसिंह हैं।
ही...ही...ही! नमस्ते हवलदारजी!
नमस्ते-नमस्ते! लेकिन सुबह-सुबह सरकारी आदमी के घर आने का मतलब?
वह जी, बात यह है जी कि किराये के बारे में कुछ बात करनी थी।
किराया? लेकिन वह तो हमने भिजवा दिया था।
मगर कम था जी! आपने कहा था कि इस महीने से किराया बढ़ाकर देंगे।
लाला! तू क्या बावला हो गया है भाई? इस महंगाई के जमाने में किराया बढ़ाने की बात करता है। अबे, सुबह-सुबह यहां आकर मजाक करने से पहले तूने यह क्यों नहीं सोचा कि मेरा नाम हवलदार बहादुर है?
मुझे आपके नाम से क्या लेना है जी? आप चाहे हवलदार बहादुर हों या शेर बहादुर हों। मुझे तो अपना किराया बढ़वाना है, अगर आप नहीं बढ़ा सकते तो...।

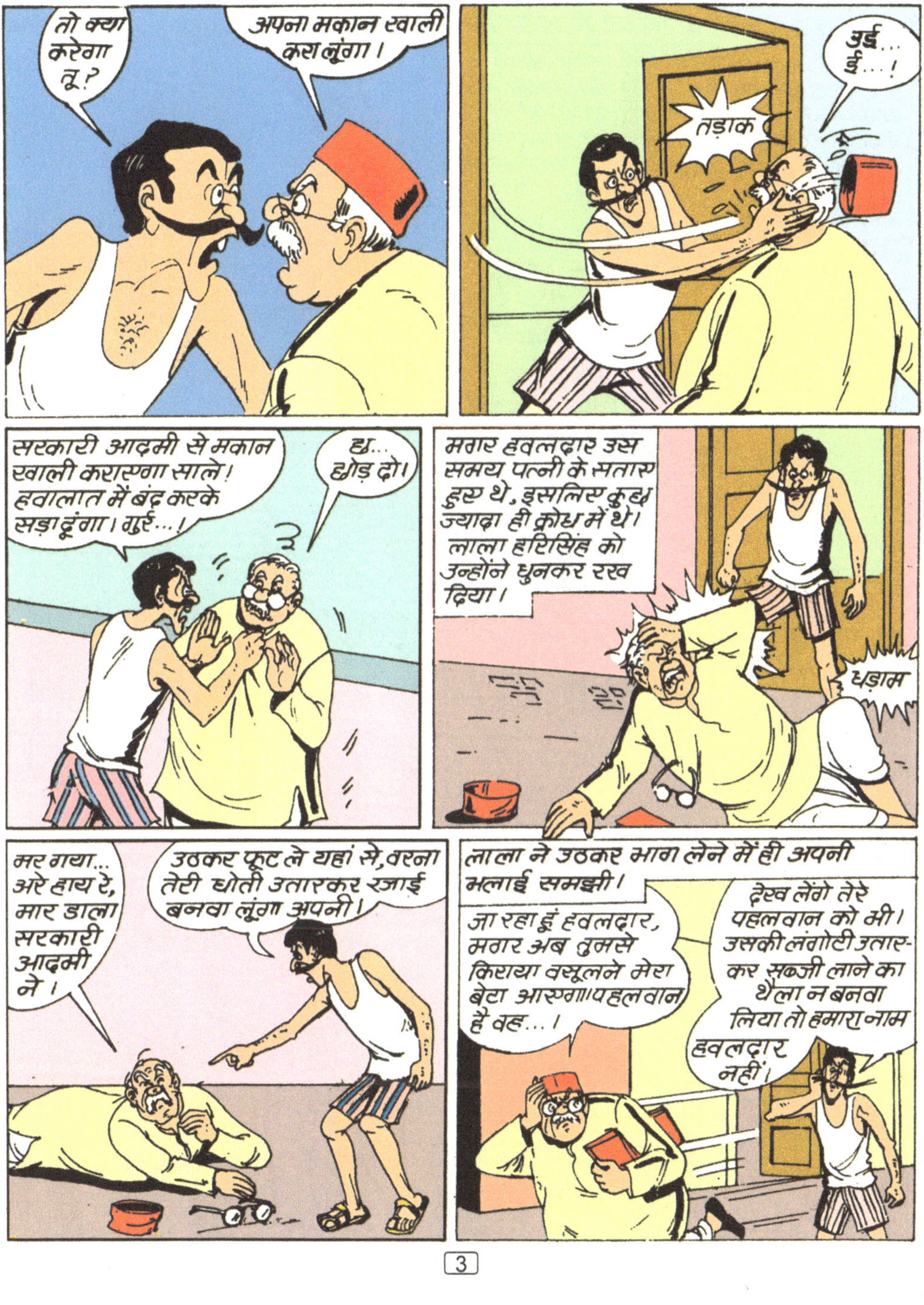
तो क्या करेगा तू?
अपना मकान खाली करा लूंगा।
तड़ाक
उई... ई...!
सरकारी आदमी से मकान खाली कराएगा साले! हवालात में बंद करके सड़ा दूंगा। गुर्र...!
छ... छोड़ दो।
मगर हवलदार उस समय पत्नी के सताए हुए थे, इसलिए कुछ ज्यादा ही क्रोध में थे। लाला हरिसिंह को उन्होंने धुनकर रख दिया।
धड़ाम
मर गया... अरे हाय रे, मार डाला सरकारी आदमी ने।
उठकर फूट ले यहां से, वरना तेरी धोती उतारकर रजाई बनवा लूंगा अपनी।
लाला ने उठकर भाग लेने में ही अपनी भलाई समझी।
जा रहा हूं हवलदार, मगर अब तुमसे किराया वसूलने मेरा बेटा आएगा। पहलवान है वह...।
देख लेंगे तेरे पहलवान को भी। उसकी लंगोटी उतार-कर सब्जी लाने का थैला न बनवा लिया तो हमारा नाम हवलदार नहीं।

विजयी मुद्रा में उसने वापस घर में प्रवेश किया।
देखा तूने मेरा रोब! किस तरह दुम दबाकर भागा है लाला? और एक तू है कि मुझे कुछ समझती ही नहीं। सुबह-सुबह ही चारपाई उलट दी।
अब अगर खुद उल्टा नहीं होना चाहते हो तो जल्दी से बाजार जाकर सामान ला दो।
बकवास बंद कर, वरना हवालात में बंद करके सड़ा दूंगा।
और मैं तुम्हें संडास में बंद करके सड़ा दूंगी। समझे!
गृह युद्ध से निपटने के बाद हवलदार बहादुर ड्यूटी पर जाने के लिए तैयार होकर निकले।
आज का दिन पता नहीं कैसा बीतेगा? सुबह-सुबह दो मनहूसों से लड़ना पड़ा है।
हवलदार बहादुर का मूड आज सचमुच खराब था।
साले! मेरा रास्ता रोककर बैठा है।
तड़ाक
प्याऊं... प्याऊं
जब वह थाने पहुंचे—
तुम आज फिर लेट आ रहे हो हवलदार?
लेटकर कहां आ रहा हूं सर? चम्पाकली ने सुबह-सुबह खाट उलट दी थी।

क्या बकवास कर रहे हो? मैं ड्यूटी पर देर से आने की बात कर रहा हूं। जानते नहीं, पुलिस को "रेड अलर्ट" के आदेश मिले हुए हैं।
ठीक है साहब! कल से टाइम पर आ जाऊंगा।
हवलदार बहादुर के बात करने के ढंग पर इंस्पेक्टर खड़गसिंह को क्रोध तो बहुत आया था, मगर उस वक्त वह एक केस के सिलसिले में बाहर जा रहा था, इसलिए चुप हो गया।
वापस आकर बात करूंगा इससे। बहुत बड़ा हवलदार समझने लगा है अपने आप को। इंस्पेक्टर से बात करने का तरीका ही भूल गया है, साला!
यह इंस्पेक्टर पता नहीं क्या समझता है खुद को? किसी दिन हवालात में बंद करके सड़ा दूंगा साले को। गुर्र...!
हवलदार बहादुर टहलते हुए अपनी सीट की ओर जा रहे थे।
हवलदार साहब! आज का अखबार पढ़ा आपने?
नहीं। क्यों, कोई खास खबर है क्या?
हां! आजकल शहर में बच्चों के अपहरण की वारदातें बढ़ती ही जा रही हैं। एक ऐसा गिरोह सक्रिय है, जो धनी लोगों के बच्चों का अपहरण कर लेता है और फिर बच्चों के अभिभावको से भारी रकम फिरौती के रूप में मांगता है।
ओह! हमें तो इसका पता ही नहीं था, वरना हम उस गिरोह को पकड़ कर हवालात में सड़ा डालते। जरा दिखाओ अखबार।

वास्तव में इंस्पेक्टर खड़गासिंह भी उस समय अपहरण के एक केस के सिलसिले में ही बाहर गया था। और इस वक्त वह एक सेठ के घर में बैठा था।
कितनी रकम की मांग की है बदमाशों ने?
पचास हजार की जी! और हम यह रकम देने को तैयार हैं। अपने बेटे को वापस लेने के लिए तो हम दस लाख भी दे सकते हैं जी!
रकम लेकर कहां बुलाया है बदमाशों ने?
पुराने किले के पीछे।
इंस्पेक्टर खड़गासिंह ने सेठजी को कुछ निर्देश दिए और वापस चला गया।
दो घंटे बाद सेठजी ब्रीफकेस में पचास हजार की रकम लिए पुराने किले के पीछे पहुंचे।
यहीं मिलेगा हमारा बेटा!
इंस्पेक्टर खड़गासिंह कुछ दूरी पर एक दीवार की ओट में छुपा खड़ा था।
बदमाश रकम लेने आए तो बचकर नहीं जा सकेंगे।
दस मिनट बाद—
घर्र...घर्र...
बिरजू! सेठ अकेला ही खड़ा है। तू बच्चे को लेकर यहीं रुक। मैं जाकर रकम वसूल करता हूं।
ठीक है।

बच्चे ने अपने पिता को देखा तो–
पिताजी!
अबे चुप, वरना गरदन दबा दूंगा साले।
उधर खड़गसिंह ने बड़ी सावधानी से मोटर साइकिल की ओर बढ़ना शुरू कर दिया था।
पहले बच्चे को कब्जे में करना होगा।
अगले ही पल–
अपने हाथ ऊपर उठा ले।
ओह!
मगर गुंडे ने जबर्दस्त फुर्ती दिखाई और बच्चे को खड़गसिंह पर उछाल दिया।
आ...ई...ई...!
उफ!
ठाक
उफ!
सेठ की ओर जा रहे गुंडे ने आवाजें सुनकर पलटकर देखा।
ओह! पुलिस!
मोटर साइकिल स्टार्ट कर बिरजू! मैं आ रहा हूं।

बिरजू नामक गुंडे ने मोटरसाइकिल स्टार्ट की और उठने की कोशिश कर रहे खड़गसिंह को टक्कर मारी।
आह!
इतनी देर में दूसरा गुंडा वापस लौट आया था।
चल, भगा दे गाड़ी।
भाग गए साले, मगर मैं सेठ का बेटा और रकम बचाने में सफल हो गया हूं।
घर्र... घर्र...
उस शाम का अखबार इंस्पेक्टर खड़गसिंह की प्रशंसा से भरा हुआ था।
मनोज टाइम्स
इंस्पेक्टर खड़गसिंह ने आपनी जान पर खेल कर बच्चे को बदमाशों के चंगुल से छुड़ाया...
स्वयं कमिश्नर साहब भी इंस्पेक्टर खड़गसिंह से मिलने आए और बधाई दी।
वेलडन इंस्पेक्टर! तुम्हारे जैसे अफसरों पर सारी पुलिस फोर्स को गर्व है। मैं तुम्हारी तरक्की के लिए सिफारिश करूंगा।
थैंक्यू सर! मगर मुझे उन गुंडों के भाग जाने का बहुत दुःख है। मैं उनको भी गिरफ्तार कर सकता था, मगर...।
टेक इट इजी इंस्पेक्टर। गुंडों को तुमने पहचान तो लिया ही है। उन्हें पकड़ने में भी सफल हो जाओगे। अब मैं चलता हूं, एक बार फिर मेरी बधाई स्वीकार करो।
थैंक्यू सर!

उसी शाम सेठ बृजमोहन ने भी थाने आकर खड़गसिंह को दस हजार रुपये इनाम के रूप में दिए।
हमारे बेटे को बचाकर आपने जो उपकार किया है, उसका बदला तो हम नहीं उतार सकते, मगर हमारी ओर से यह छोटी-सी भेंट स्वीकार करें।
ही...ही...ही! इसकी क्या जरूरत थी सेठजी?
साले, मन में तो लड्डू फूट रहे होंगे।
उस शाम घर पहुंचकर हवलदार बहादुर ने दिन भर की घटनाएं अपनी पत्नी को सुनाईं।
दस हजार! सेठ ने इंस्पेक्टर को दस हजार का इनाम दिया। काश! उसके बच्चे को तुमने बचाया होता।
तो क्या होता?
दस हजार तुम्हें मिलते। और फिर मैं नई साड़ी खरीदती, कुछ गहने बनवाती और...।
बकवास कम कर और दाल डाल थोड़ी। बिल्ली की तरह हर समय सपने में मांस देखती रहती है।
जब भी मैं तुम्हें कोई बहादुरी का काम करने के लिए उकसाती हूं, तुम हत्थे से क्यों उखड़ जाते होजी? आखिर मैं तुम्हारी पत्नी हूं।
और जब बेलन चलाती है, तब क्या होती है? अरी! तू तो मेरी जान की दुश्मन है, दुश्मन।
चम्पाकली सारा दिन अपने भाई के घर बिताकर आई थी, इसलिए उसका मूड अच्छा था। हवलदार बहादुर की बात की उत्तर में वह सिर्फ हंसकर रह गई।
ही... ही... ही...!
चुप...!

रात को हवलदार सोने के लिए बिस्तर पर लेटे।
चम्पाकली ठीक ही तो कह रही थी। अगर यह कारनामा मैंने अंजाम दिया होता तो अखबारों में मेरी प्रशंसा छपती, इनाम मुझे मिलता। आखिर मैं उस खडूस खड़गसिंह की तरह नाम क्यों नहीं कमा सकता, क्या कमी है मुझमें?
इसी तरह की बातें सोचते हुए वह सो गए।
अगले दिन शहर में बच्चे के अपहरण की एक और वारदात हुई।
तेज चलाओ ड्राइवर! मुझे स्कूल के लिए देर हो रही है।
चला तो रहा हूं बाबा!
गाड़ी एक सुनसान सड़क से गुजर रही थी कि अचानक—
चर्र... चर्र...
नकाबपोशों को देख कर ड्राइवर और बच्चा चीखे—
हे भगवान्! यह तो डाकू लगते हैं।
ड... डाकू...!
बच्चे को नीचे उतार लो।
क... कौन हो तुम?
अबे चुप बैठा रह साले।
छोड़ दो मुझे।
ढिशुम
आह!

बचाओ... ड्राइवर, मुझे बचाओ...।
कमीने, छोड़ दे बच्चे को।
और वह स्वामिभक्त ड्राइवर बदमाशों से भिड़ गया।
ढिशुम
आह!
पकड़ लो साले को और मार-मारकर हड्डियां तोड़ दो।
नहीं, मैं तुम्हारे साथ नहीं जाऊंगा।
ड्राइवर पूरी शक्ति से मुकाबला कर रहा था।
धाड़
लेकिन मुकाबले पर वे तीन थे।
आह!
ठाक
ठाक
उफ!

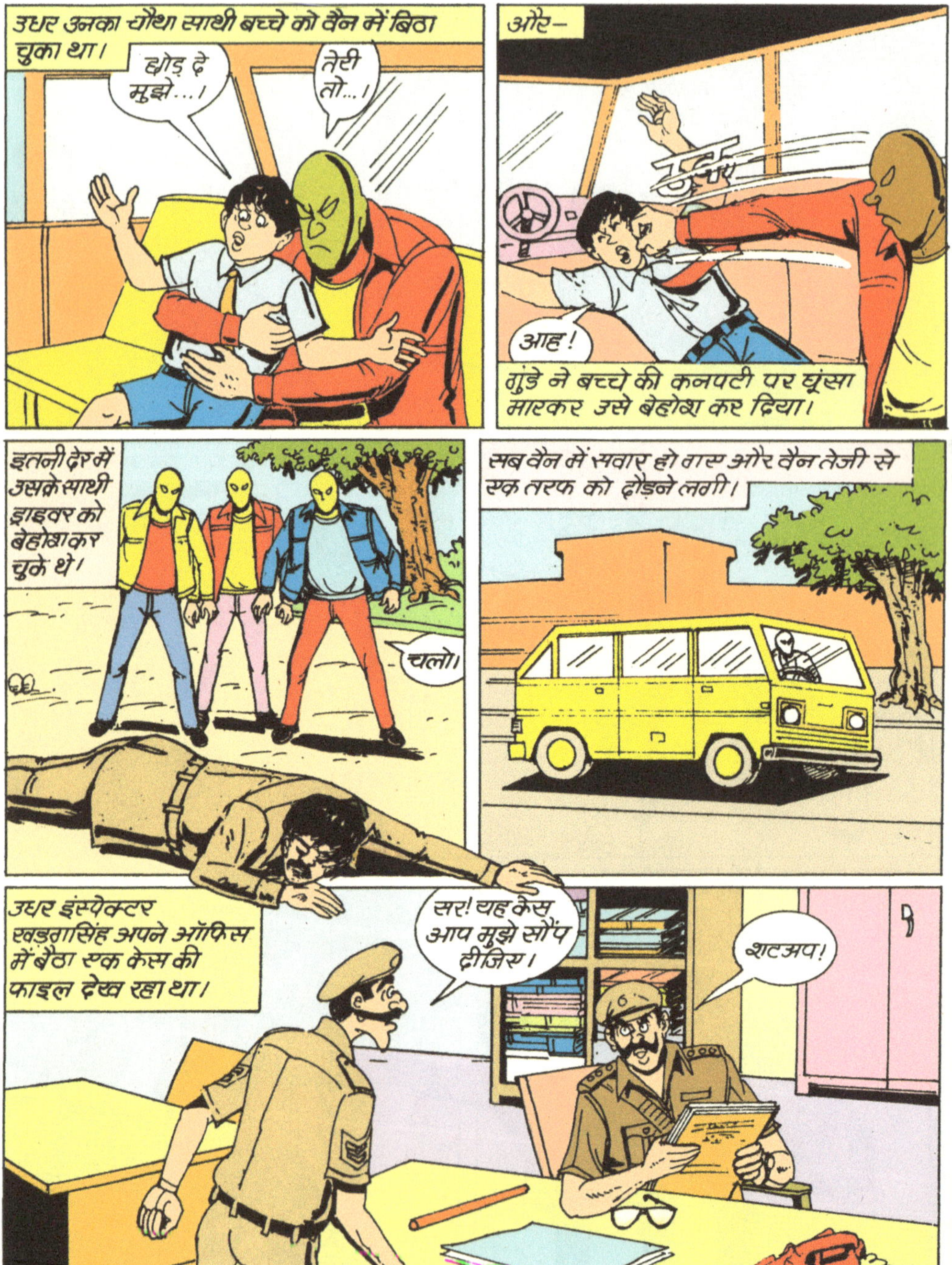

उधर उनका चौथा साथी बच्चे को वैन में बिठा चुका था।
छोड़ दे मुझे...!
तेरी तो...!
और—
आह!
गुंडे ने बच्चे की कनपटी पर घूंसा मारकर उसे बेहोश कर दिया।
इतनी देर में उसके साथी ड्राइवर को बेहोश कर चुके थे।
चलो।
सब वैन में सवार हो गए और वैन तेजी से एक तरफ को दौड़ने लगी।
उधर इंस्पेक्टर खड्गसिंह अपने ऑफिस में बैठा एक केस की फाइल देख रहा था।
सर! यह केस आप मुझे सौंप दीजिए।
शटअप!

तभी फोन की घंटी बजी और इंस्पेक्टर खड़गसिंह से पहले हवलदार बहादुर ने फोन उठा लिया।
हैलो! हवलदार बहादुर स्पीकिंग फ्रॉम राजनगर थाना। हू आर यू स्पीकिंग?
कमिश्नर हियर!
क...क...कमिश्नर स्साहब... म... मेरा मतलब है हुजूर, बल्कि सरकार, माई-बाप...।
व्हाट नानसेंस? इंस्पेक्टर खड़गसिंह से हमारी बात कराओ।
इंस्पेक्टर ने खुद ही फोन झपट लिया।
यस सर! खड़गसिंह स्पीकिंग।
इंस्पेक्टर! शहर के प्रसिद्ध सेठ राममोहन त्यागी के बेटे विकास का अपहरण हो गया है।
???
ओह! मगर सर, राममोहन त्यागी का रिकॉर्ड साफ नहीं है। यह एक नाइट क्लब चलाता है, जहां जुआ भी होता है।
इसके बावजूद वह एक नागरिक है। उसके बेटे का अपहरण हुआ है। पुलिस को तो अपना काम करना ही होगा।
यस सर!
हवलदार बहादुर! मेरी जीप तैयार कराओ।
क्या फिर किसी बच्चे का अपहरण हो गया है सर?
हां। एक धनवान व्यक्ति के बच्चे का अपहरण कर लिया गया है।
सर...सर! यह केस आप मुझे दे दीजिए। मैं बच्चा बरामद कर लूंगा और बदमाशों को भी हवालात में बंद करके सड़ा दूंगा।

शटअप! अगर तुम किसी काम के होते तो फिर रोना ही क्या था? असली बदमाशों का सामना होते ही तो तुम्हारा अंटा-गफील हो जाता है।
इस बार मुझे कुछ नहीं होगा सर! मेरी बहादुरी देखकर आप अपनी अंगुलियां चबा डालेंगे।
तुम अपनी बकवास बंद करो और मुझे काम पर जाने दो।
बहुत लालची है साला। इस बार भी खुद ही बच्चे को बरामद करके इनाम पाना चाहता है। काश! मैं इसे हवालात में बंद करके सड़ा सकता।
कुछ देर बाद—
आइए इंस्पेक्टर साहब। कमिश्नर साहब ने मुझे फोन किया था कि वह एक होशियार ऑफिसर को भेज रहे हैं।
आराम से बैठने के बाद सेठ ने बताया—
कुछ देर पहले ही मुझे अपहरणकर्ता का फोन आया था इंस्पेक्टर साहब! मेरे बेटे विकास को वापस करने के लिए उसने दस लाख रुपये की मांग की है।
दस लाख! कहां मंगवाई है उसने यह रकम?
यह अभी उसने नहीं बताया। सिर्फ अपनी मांग बताकर फोन बंद कर दिया।
इसका मतलब है, वह दोबारा फोन करेगा। खैर! उसका फोन आने से पहले मैं आपके ड्राइवर का बयान लेना चाहता हूं।
उधर हवलदार बहादुर दोपहर का खाना खाने के लिए थाने से बाहर निकले और उस ढाबे पर पहुंचे, जहां वह रोज खाना खाने आते थे।
अबे ओय कलवा! हाफ प्लेट दाल निकाल दे और साथ में प्याज भिजवा दियो।
आज फिर दाल खाओगे हवलदार?

तो और क्या तुम्हे खाऊं? अबे, मुझे जितनी तनख्वाह मिलती है, उसमें दाल खाकर ही गुजारा किया जा सकता है।
हवलदार ने अभी खाना शुरू ही किया था कि–
क्या है बे? रोटी उठाकर भागेगा क्या?
अरे नहीं हवलदार जी! मैं तो आपका आटोग्राफ लेना चाहता हूं।
आटोग्राफ... पुड़क...!
हां जी! मुझे बड़े लोगों के हस्ताक्षर इकट्ठे करने का शौक है और आप तो बहुत ही बड़े और मशहूर पुलिसकर्मी हैं। मैं आपका नाम भी जानता हूं, हवलदार बहादुर जी!
अरे! फिर तो बैठो भइया! कुछ खाना-वाना खाओ, ठंडा-गर्म पियो। ही... ही... ही...!
बस जी, खाना तो मैं खा चुका हूं। हां, अगर आप कहते हैं तो चाय पी लूंगा।
कुछ ही देर में दोनों घुल-मिलकर बातें करने लगे थे।
तो आपकी आमदनी बहुत कम है?
हां भाई! रिश्वत तो मैं लेता नहीं और मेरा अफसर इंस्पेक्टर खड़गसिंह मुझे ऐसा कोई काम नहीं सौंपता, जिसे पूरा करके मैं इनाम और तरक्की पा सकूं, जबकि खुद उसने कल ही एक अपहृत बच्चे को बरामद करके दस हजार का इनाम पाया है।

इस तरह का इनाम तो आप भी पा सकते हैं हवलदार जी! मैं आपका प्रशंसक हूं, आपको एक तरकीब बता सकता हूं।
बताओ।
आप किसी धनवान आदमी के बच्चे का अपहरण कर लीजिए।
क्या बकता है बे? मैं हवलदार हूं, कोई बदमाश नहीं।
मेरी पूरी बात तो सुनिए हवलदार साहब! बच्चे का अपहरण करने के कुछ घंटे बाद आप खुद ही उसे बरामद करा दीजिएगा। इस तरह आपका नाम भी होगा और इनाम भी मिलेगा।
हवलदार बहादुर कुछ देर के लिए सोच में पड़ गए थे, फिर खुश होकर बोले –
तरकीब तो तूने अच्छी बताई है घटोतकच।
जी, मेरा नाम घटोतकच नही है।
कोई फर्क नहीं पड़ता। मैं तो तुझे घटोतकच ही कहूंगा।
अच्छा ठीक है। तो आप बच्चे का अपहरण करने के लिए तैयार हैं?
हां, मगर बच्चा कौन होगा और अपहरण करके हम उसे कहां छुपायेंगे?
हवलदार साहब! इस काम में मैं आपकी मदद करूंगा। पब्लिक स्कूलों में धनवान लोगों के बच्चे पढ़ते हैं। किसी अच्छे स्कूल के सामने से किसी भी बच्चे को उठा लेंगे। उसको कुछ घंटों तक छुपाकर रखने का प्रबन्ध भी मैं कर दूंगा। कुछ घंटों के बाद आप नकली छापा मारकर वहां से बच्चा बरामद कर लेना और फिर इनाम पाकर ऐश करना।
तुम तो मेरे लिए भगवान का रूप बनकर आए हो भाई! अब नेक काम में देरी नहीं करनी चाहिए। कुछ ही देर में स्कूलों की छुट्टी होने वाली है। हम अभी बच्चा उठाने चलते हैं।

आधे घंटे बाद वे एक पब्लिक स्कूल के सामने खड़े वहां से बाहर निकलते बच्चों में से अपने मतलब का शिकार ढूंढ़ रहे थे।
S.D. SHOO
आज तेरी गाड़ी नहीं आई रोमी?
आती ही होगी।
कुछ देर खड़े रहने के बाद –
यार रोमी! लगता है, आज तेरी गाड़ी देर से आएगी और मुझे घर जल्दी पहुंचना है। मेरे मामा का लड़का लखनऊ से आया हुआ है। वैसे भी मेरा घर पास ही है, मैं पैदल चला जाता हूं।
अच्छा, तू जा!
यह बच्चा हमारे काम का है हवलदारजी! अपनी गाड़ी की प्रतीक्षा में खड़ा है। आसानी से झांसे में आ जाएगा।
तुम ठीक कहते हो घटोतकच।
वह दोनों बच्चे के निकट पहुंचे। घटोतकच ने जेब से चाकलेट निकालकर बच्चे को दी।
लो रोमी बेटे, यह तुम्हारे पापा ने भेजी है और हम तुम्हें लेने आए हैं।
मुझे लेने आए हैं, लेकिन हमारी गाड़ी कहां है?
गाड़ी खराब हो गई है। हम तुम्हें टैक्सी में ले चलेंगे।
हां बेटे! तुम्हारे पापा ने इनके साथ मुझे भी भेजा है, ताकि रास्ते में तुम्हें कोई परेशान न कर सके।

पुलिस वाले को साथ देखकर बच्चा जल्दी ही झांसे में आगया और उनके साथ चलदिया।स्कूल से कुछ दूर आकर घटोतकच ने एक टैक्सी को रोका।
बैठो!
कुछ देर बाद टैक्सी पुराने शहर में पहुंचकर एक गली के सामने रुक गई।
अरे!बच्चा तो सो गया है।
गोद में उठा लो।
हवलदार ने बच्चे को गोद में उठाया और घटोतकच के पीछे गली में प्रवेश किया।
क्या हुआ चम्पाकली?
मैंने अपने पति को एक बच्चे को गोद में उठाए उस गली में जाते देखा है। पता नहीं किसका बच्चा उठाए फिर रहे हैं?
तुम्हारे पति तो पुलिस में हैं बहन! हो सकता है, किसी गुम हुए बच्चे को उसके घर छोड़ने आए हों।
हां,यही बात होगी,मगर...।

अब यह अगर-मगर छोड़ो और जल्दी चलो। अगर चाट भंडार पर गोलगप्पे खत्म हो गए तो शापिंग का सारा मजा किरकिरा हो जाएगा।
गली के अंत में पहुंचकर घटोतकच ने एक मकान का ताला खोला।
यह मेरे दोस्त का मकान है। शाम तक हम बच्चे को यहां रख सकते हैं।
मकान में दो कमरे थे। रसोई भी थी, जिसमें खाने-पीने का सामान मौजूद था।
यह ससुरा सो क्यों गया? उठाए-उठाए मेरे हाथ दुःख गए हैं।
मैंने इसे जो चाकलेट दी थी, उसमें नींद आने की दवाई मिली हुई थी हवलदार जी।
तुम सचमुच बहुत बुद्धिमान हो घटोतकच। अब यह बताओ आगे क्या करना है?
हमें कुछ नहीं करना है। जब यह बच्चा घर नहीं पहुंचेगा तो इसका बाप पुलिस में गुमशुदगी की रिपोर्ट लिखवाएगा। शोर मचेगा, उसके बाद तुम इस बच्चे को बरामद करके अपनी बहादुरी का सिक्का जमा देना।
तो ठीक है। तुम यहां बच्चे के पास रुको। मैं थाने जाता हूं और देखता हूं कि इसका बाप रिपोर्ट दर्ज कराने कब आता है?
नहीं हवलदार जी! आपका जाना ठीक नहीं है। बार-बार यहां आते-जाते अगर किसी ने आपको देख लिया तो पोल खुल सकती है। मैं जाता हूं और पता करता हूं कि इसकी गुमशुदगी की रिपोर्ट आई या नहीं?
अच्छा, तुम ही जाओ, मगर आना जल्दी।
बस, खबर मिलते ही आ जाऊंगा।

उधर इंस्पेक्टर खड़गसिंह सेठ राममोहन के साथ उनके फोन के निकट ही बैठा था।
अभी तक उसने दोबारा फोन क्यों नहीं किया?
फोन जरूर आएगा सेठजी! शायद वह लोग रुपया मंगवाने के लिए कोई सुरक्षित स्थान ढूंढ़ रहे होंगे।
तभी—
आ गया फोन...।
ट्रिन ट्रिन
हैलो... राममोहन स्पीकिंग।
राममोहन! तुमने रुपया देने का इरादा बनाया है या कुछ और करना चाहते हो?
फोन अपहरणकर्ता का ही था।
सेठ ने इंस्पेक्टर के निर्देशानुसार तुरंत उत्तर दिया—
मैं रुपया देने को तैयार हूं, मगर एक बार मेरे बेटे से मेरी बात तो कराओ।
बात नहीं हो सकती, अगर तुम उसे वापस लेना चाहते हो तो दस लाख रुपये तैयार रखो।
अरे... अरे... सुनो तो... हैलो...!
क्या हुआ? फोन बंद कर दिया उसने?
हां!
आप चिंता न करें। मैंने टेलीफोन एक्सचेंज को निर्देश दे दिए थे कि आपके नम्बर पर आने वाले हरेक फोन को चेक करें कि कहां से किया गया है? एक्सचेंज से फोन आता ही होगा।

दो मिनट बाद ही फोन आ गया।
हां, कुछ पता चला?
सर! अभी आने वाला फोन रेलवे स्टेशन के एक पब्लिक कॉल से किया गया था।
बहुत चालाक हैं साले। अब तो उन्हें उसी समय घेरा जा सकता है, जब वह आप को रुपया लेकर किसी जगह आने को कहेंगे।
थोड़ी देर बाद--
अच्छा सेठजी! अब मैं चलता हूं। अगर बदमाशों का फोन आ जाए तो आप मुझे सूचित कर दीजिएगा।
ठीक है इंस्पेक्टर साहब!
लेकिन शाम तक कोई फोन नहीं आया। सेठ राममोहन कमरे में परेशान घूमते रहे।
पता नहीं मेरा बेटा किस हाल में होगा?

उधर हाल तो बेचारे हवलदार बहादुर का भी खराब था। बच्चा जाग चुका था।
ओ मेरे बाप, रोना बंद कर दे। तुझे बताया तो है कि घटोतकच टैक्सी लेने गया है। फिर हम तुझे तेरे घर पहुंचा देंगे।
ऊं... ऊं...!
तुम मुझे पैदल ही घर पहुंचा दो संतरी जी! ऊं...ऊं...!
अबे आये पिद्दे! मैं तुझे संतरी दिखाई देता हूं। साले, हवलदार हूं मैं।
मैं कुछ नहीं जानता। मैं तो अपने मम्मी-डैडी के पास जाऊंगा।
अबे रुक... ठहर जा...
...देख मेरे बेटे, बल्कि मेरे माई-बाप! तू कुछ देर और इंतजार कर ले। घटोतकच बस आता ही होगा।
ऊं...ऊं...!
पता नहीं कहां जाकर मर गया है यह घटोतकच का बच्चा? उसकी बातों में आकर मैंने बेकार की मुसीबत मोल ले ली है। तीन घंटे हो गए हैं उसे गए हुए।
ऊं...!

उधर शाम सात बजे सेठ राममोहन के फोन की घंटी पुन: बजी तो –
हां, मैं राममोहन बोल रहा हूं।
तुम बहुत चालाक हो राममोहन
फोन पर अपहरणकर्ता का क्रोध भरा स्वर सुनाई दिया था।
क...क्या हुआ? क्या किया है मैंने?
अब भोले मत बनो। रकम बचाने के लिए तुमने अच्छी चाल चली है। मेरे बच्चे को ही उठवा लिया, मगर तुमने मुझे पहचाना कैसे?
यह तुम क्या कह रहे हो भाई? मैंने तो तुम्हें अब तक नहीं पहचाना है।
अब नाटक छोड़ो यार! मैं तुमसे समझौता करने के लिए तैयार हूं।
ओह! यह तो शिवलाल की आवाज है।
कुछ देर बाद सेठ राममोहन घबराए हुए पुलिस स्टेशन पहुंचे।
इंस्पेक्टर...!
अरे! सेठजी, क्या उनका फोन आया?
फोन तो आया था, मगर एक नई मुसीबत खड़ी हो गई है। वह मुझ पर अपना बच्चा अपहरण करने का आरोप लगा रहा है।
कौन?

उसका नाम शिवलाल है इंस्पेक्टर साहब! आपसे क्या छुपाना, मेरे क्लब में आकर जुआ खेलता था। एक बार मैंने उसे क्लब से बाहर निकाल दिया था, क्योंकि वह मेरे ग्राहकों से झगड़ा कर रहा था। उसी ने मेरे बच्चे का अपहरण किया था और अब मुझ पर ही आरोप लगा रहा है कि मैंने उसे पहचानने के बाद जवाब में उसके बेटे रोमी का अपहरण करा लिया है। अब मैं क्या करूं?
करना क्या है? आप मुझे उसका पता बताइए। अभी गिरफ्तार कराता हूं साले को और आपका बेटा उसके पास से बरामद करता हूं।
पता तो मैं बता सकता हूं, लेकिन उसका बेटा भी तो गुम है, अगर पुलिस को अपने घर आते देखकर...
उसने क्रोध में मेरे बेटे को मार डाला तो क्या होगा?
हां, यह सोचने की बात है। अब यह तो पता चल ही गया है कि आपका बेटा कहां है? परेशानी दूर हो गई है। अगले कदम के बारे में हम आराम से सोच सकते हैं।
तो फिर सोचिए न।
तभी--
शायद किसी नई मुसीबत की सूचना आई है।
मैं अपनी कोठी जा रहा हूं। शायद शिवलाल का फोन फिर आए।
ओ.के.!
ट्रिन... ट्रिन...
राममोहन बाहर जा चुका था।
इंस्पेक्टर खड़गसिंह स्पीकिंग।
आपका सहायक हवलदार बहादुर कहां है जनाब?

मुझे नहीं मालूम। वह दोपहर से कहीं गया हुआ है।
मैं जानता हूं, वह कहां गया है। आपके हवलदार ने एक बच्चे का अपहरण किया है और अब बच्चे के बाप से रकम ऐंठने के चक्कर में है।
हवलदार बहादुर ने बच्चे का अपहरण किया है! क्या बकवास है? कौन हो तुम?
मेरी बात छोड़िए और उस जगह का पता नोट कीजिए, जहां आपके हवलदार ने बच्चे को कैद करके रखा हुआ है।
कुछ मिनट बाद इंस्पेक्टर खुद ही जीप चलाकर पुराने शहर की ओर जा रहा था।
यकीन तो नहीं आता कि हवलदार ऐसा कर सकता है, मगर उस मूर्ख का कुछ भरोसा भी नहीं है। उसका दिमाग खुराफाती तो है ही।
हवलदार बहादुर बड़ी मुश्किल से बच्चे को दोबारा सुलाने में सफल हुए थे और अब परेशान बैठे घटोतकच की प्रतीक्षा कर रहे थे।
कहां मर गया साला?
तभी–
खट...खट
आ गया उल्लू का पट्ठा।

और जब दरवाजा खोला—
अरे बाप रे...!
हवलदार बहादुर! तुम सचमुच यहां हो?
हवलदार बहादुर बुरी तरह से घबरा गए थे।
हांजी, मैं यहां हूं। मेरा मतलब है, यह मेरा घर है, मगर आप...?
शटअप! बच्चा कहां है?
बच्चा? ही...ही...ही! आप तो जानते ही हैं कि हमारे कोई संतान नहीं है।
मैं उस बच्चे की बात कर रहा हूं, जिसे तुम अपहरण कर लाए हो...
...हटो, रास्ता दो मुझे।
आज गई मेरी नौकरी। सत्यानाश हो जाए उस घटोतकच के बच्चे का।
माई गॉड! यहां तो बच्चा भी है।
मगर साहब, रोमी का अपहरण हमने नहीं किया। हम तो...।
रोमी... क्या यह इस बच्चे का नाम है?
जी हां!
माई गॉड! सेठ राममोहन कह रहा था कि शिवलाल के बेटे का नाम रोमी है। तो क्या यह वही बच्चा है?

मगर हमें क्षमा कर दीजिए साहब हम घटोतकच की बातों में आकर इस बच्चे को यहां उठा लाए
यह घटोतकच कौन है? मुझे पूरी बात बताओ।
हवलदार बहादुर ने घटोतकच से हुई मुलाकात से लेकर अब तक की सारी घटनाएं सुना डालीं।
ओह! तो यह बात थी। तुम नाम और इनाम कमाने के लिए नाटक करना चाहते थे। बहुत बड़े मूर्ख हो तुम, गधे हो, बल्कि...।
उल्लू का पट्ठा भी हूं जी! मगर मुझे माफ कर दीजिए।
माफ तो तुझे करना ही पड़ेगा, क्योंकि तेरी इस मूर्खता के कारण एक केस हल हो गया है, अगर शिवलाल का बेटा गायब न होता तो वह राममोहन को फोन करके अपनी पहचान न बताता। बच्चू, तुझे मैं इसीलिए सहन करता हूं कि तेरी मूर्खताओं से कभी-कभी मेरा भला हो जाता है...
...अब तुम यहां से चुपचाप अपने घर चले जाओ और इस बात का जिक्र किसी से न करना, अगर किसी को यह पता चल गया कि तुमने एक एक गैर-कानूनी काम किया है तो फिर मैं भी तुम्हें बचा नहीं सकूंगा।
ठीक है साहब जी! मगर यह तो बता दीजिए कि आपको यहां का पता किसने बताया है?

मुझे एक गुमनाम फोन आया था। अब जाओ यहां से।
जाता हूं जी!
इंस्पेक्टर खड़गसिंह बच्चे को उठाकर थाने ले आया और सेठ राममोहन को फोन किया।
सेठजी! मैंने शिवलाल के बेटे को बरामद कर लिया है। अब मैं उसे अपने ढंग से थाने बुलाना चाहता हूं। साले को गिरफ्तार कर लूंगा, फिर वह आपके बेटे का पता तो बता ही देगा।
यू आर ग्रेट इंस्पेक्टर! शिवलाल के बेटे को आपने कैसे तलाश कर लिया?
हे...हे...हे! आखिर हम पुलिस वाले हैं सेठजी! आप भी थाने आ जाएं तो अच्छा रहेगा।
उधर हवलदार बहादुर बहुत ही खराब मूड में घर पहुंचे थे।
कहां घूमकर आ रहे हो जी?
चुप। ड्यूटी बजाकर आ रहा हूं और तू कहती है घूमकर आ रहा हूं।

बेकार का रोब मत झाड़ो। मैंने तुम्हें पुराने शहर में राम गली में घुसते देखा था, एक बच्चे को उठाए हुए।
धप्
अरे मर गए। तू राम गली क्या करने पहुंच गई थी?
गोलगप्पे खाने गई थी।
अच्छा ठीक है, मगर तू यह बात किसी को बता मत देना, वरना गड़बड़ हो जाएगी।
क्या गड़बड़ हो जाएगी जी?
हवलदार बहादुर ने पत्नी को भी घटोतकच के मिलने की सारी बात बता दी।
ओह! वह जो पहलवान जैसा आदमी तुम्हारे साथ था, तुम उसे घटोतकच कह रहे हो?
हां! उसी उल्लू के पट्ठे ने तो मुझे चक्कर में फंसाया था। पता नहीं क्या दुश्मनी थी मुझसे? बाद में साले ने इंस्पेक्टर को गुमनाम फोन भी कर दिया।

तुम भी पूरे घामड़ हो जी! जिसे तुम घटोतकच कह रहे हो, वह तो हमारे मकान मालिक लाला हरिसिंह का बेटा रमेश है। मैंने तो उसे देखते ही पहचान लिया था।
हरिसिंह का बेटा! ओह! तो यह बात है।
क्या बात है?
लाला मुझे धमकी देकर गया था कि अब उसका बेटा मुझसे निपटेगा। तो उसने यह चाल चली। मुझे मूर्ख बनाकर जेल भेजना चाहता था। नहीं छोडूंगा... गुर्र...!
कहां जा रहे हो?
लाला हरिसिंह और उसके बेटे से निपटने। सालों को हवालात में बंद करके सड़ा दूंगा।
बच्चों! देखा आपने, हवलदार बहादुर की मूर्खता के कारण खड़गसिंह तो नाम कमा गए लेकिन बेचारे हवलदार जैसे थे, वैसे ही रह गए!
जितेंद्र बेदी

-:समाप्त:-

क्यों पाठको, पहचाना कौन है चम्पाकली की गोद में? अगर नहीं, तो हम बताते हैं। यह हैं आपके प्रिय हवलदार बहादुर। क्यों, हो गए न हैरान? कैसे हुआ यह? जानने के लिए पढ़ें 'कीप साइलेंस' का उल्लंघन करता और हास्य की सभी सीमाओं को तोड़ता हुआ विशेषांक—

हवलदार बहादुर और डा. सूपड़ा